森

——楊淇竹詩集

「含笑詩叢」總序／含笑含義

叢書策畫／李魁賢

　　含笑最美，起自內心的喜悅，形之於外，具有動人的感染力。蒙娜麗莎之美、之吸引人，在於含笑默默，蘊藉深情。

　　含笑最容易聯想到含笑花，幼時常住淡水鄉下，庭院有一欉含笑花，每天清晨花開，藏在葉間，不顯露，徐風吹來，幽香四播。祖母在打掃庭院時，會摘一兩朵，插在髮髻，整日香伴。

　　及長，偶讀禪宗著名公案，迦葉尊者拈花含笑，隱示彼此間心領神會，思意相通，啟人深思體會，何需言詮。

　　詩，不外如此這般！詩之美，在於矜持、含蓄，而不喜形於色。歡喜藏在內心，以靈氣散發，輻射透入讀者心裡，達成感性傳遞。

　　詩，也像含笑花，常隱藏在葉下，清晨播送香氣，引人探尋，芬芳何處。然而花含笑自在，不在乎誰在探尋，目的何在，真心假意，各隨自然，自適自如，無故意，無顧忌。

　　詩，亦深涵禪意，端在頓悟，不需說三道四，言在意中，意在象中，象在若隱若現的含笑之中。

含笑詩叢為台灣女詩人作品集匯，各具特色，而共通點在於其人其詩，含笑不喧，深情有意，款款動人。

【含笑詩叢】策畫與命名的含義區區在此，幸而能獲得女詩人呼應，特此含笑致意、致謝！同時感謝秀威識貨相挺，讓含笑花詩香四溢！

自序

楊淇竹

《森》，是我歷經親友死亡後，為哀悼提筆書寫的詩集。

在大學時候，面對弟弟的過世，之後老祖母，還有師長——離世，悲痛萬分。當時尚未使用詩的語言來抒發對他們的愛，也無從處理自己的情緒，便一直滯留在極度悲傷的困境。走不出重重羈絆，讓我不斷重回某些悲傷時分。過往的時間變成挑戰，一再煎熬我是否該為悲傷尋找屬於自己的家。如此的困鎖時序持續相當久，記得研究所畢業後有一段時間暫居在基隆，祖母的老房子裡，因為多雨濕氣返潮嚴重，水氣凝結成水珠就從牆壁滴落下來，好似我內心傷悲所集結的淚水。淚水反覆進行在多雨的氣候，有時不知是牆壁比較潮濕，抑或是我心。

年輕體悟的悲傷，無法投射在任何一首完美的詩，今回頭看，只徒留支離破碎的句子，或許正是反襯我內心雜亂不安。無論心情如何低盪，時間終究分秒地流逝，看起來毫無被察覺異樣，我便尋常生活，不敢自視其傷痛。直到2017年，坦然面對疼愛我老師因病離開，隔年遂把詩篇完成，藉此回顧在我生命中消逝的親情與愛。

　　詩集，以符號「友人」指稱生命曾給予我親情關愛的長輩和手足，用冬季的印象營造因悲傷帶來的寒冷。此僻靜森林，時間暫停，空間框限，拼貼出記憶最深層卻也最錯亂的時分。我無意使用情緒強烈的文字，僅依靠描述來呈現行動或外在感官，透過事件敘述逐步進入幽幽的林蔭小徑，大片森林彷彿訴說出凍結的悲傷。

　　《森》與歷年創作不同，以往善於觀看城市形色事物，轉而至今發掘內心情感，也許暗藏自己眾多不敢提及的傷痕，但仍然必須堅忍面對現實殘酷。除了個人心理因素，詩集也收錄批判政治社會議題，亦包含已發表國外雜誌、網路平台的多首英文詩，其中以〈亞馬遜雨林之火〉（Amazon rainforest fires）最為醒目。〈亞馬遜雨林之火〉是2019年9月參與全球詩人「共同拯救地球」（LET'S SAVE THE PLANET）主題活動所發表的作品。當時正面臨亞馬遜雨林烈火侵襲，巴西政府漠視火災並姑息縱火行為，嗣後在各國媒體大肆報導，引發輿論譴責聲浪，這場雨林大火才開始備受重視。新聞報導引來詩人用行動關注環境議題，我馬上寫了此短詩，譯為英文，商請長期指導我中英翻譯的王清祿老師修正與發表，今年（2021）出版，才將詩收錄於最後一首。

　　書寫，向來是我面對生命探問的行為。森，是一個抽象的符號，彷彿也曾經具體的存在。埋藏在冬雪的森，蘊含無法脫口的秘密，雪白色調將森林變得朦朧美麗，冷意把時間凍

結。林蔭深雪，包含向過去追憶濃厚的情感，以及向未來期許的光明。

目次

附錄──英譯詩選

序詩

十一月的雨

急切，一場大雨
來不及撐傘
面對突如
未預料的
變
一直一直忍受……
生命崎嶇

訊息

傳來你的聲音
簡短訊息
意念擋在外
只有語言
平鋪直敘

回覆你的電話
溫暖聲音
傳達從容自在
只有意念
藏在深處

為了你我手足關係
一層一層化妝
扮成你要的容顏
扮成我想的容顏
日子一天天
臉越來越生疏

直到，你的死訊
無法接受碎裂的白臉
像曾經美麗瓷杯
破碎了

簡訊，一如往常
等待
等待，是生硬的……
話語

涙

涙在死亡中
祭祀了
情

行車

蜿蜒山路
高與低
綿延

耳鳴騷擾
行車隨風
加快

將至山頂一隅
臭氣喧囂
爬不過山峰

寂靜
留給我傷痕累累的
心

歲數

眾多日子
一天天
我和妳
像不曾離開，彼此
又相見
又離別
又相見

我都不知時間的痕跡
繼續作夢
想去這裏
想去那裏
妳說，飛吧！我的驕傲
祝福隨里程數前行

記得每年妳的生日
漂亮花束
給予永恆青春

我的祝福注入生命
花年年展露笑顏

原來已經十一年了……
聽聞妳死訊
才開始，用歲數拼湊
彼此記憶
原來，我已不年輕

唱機，無法再運轉

1930年純純歌聲

曾經跳舞風華世代

男男女女

醉在舞池裡

播放摩登

年輕人探勘傳統底線

一步步解開束縛

跳舞的步伐尚未停歇

戰爭煙硝卻席捲到來

才短短幾年

軍歌、愛國歌曲行進

那年代

唱機，無法再運轉

悲傷啊悲傷……青年何蹤？

失控的電腦

沒有按照合理速度

沒有依循正常規範

電腦，鬧起脾氣

肆意尖叫

機器音呼喚尋常

到底出了什麼錯？

檔案失去

軟體休眠

工作工作再多的工作

等到進廠維修，再說

電腦失控碎唸

底線，廉價勞工的廉價啊！

霧

霧藏起山鋒

青翠盎然

霧濛濛

透露一絲暖陽

隔在霧後

人事，七嘴八舌

山勢絕美隨遊客

下山

憶，友人

友人
時間軸線中
出現
逐一，逐一
際遇快速變遷中
友人離開
友人相聚

記憶小房子
等待說話回聲
來自友人
來自我

房子歷經風霜
雨水滲漏
帶走了你我的友情

小油坑

白背芒懷裡
擁抱
熱情硫磺香
噴氣山勢崎嶇
白煙繚繞
硫磺氣將一攤水
沸騰，冒泡
空氣冷凝中
火山愛意，表露無疑

渴求

渴求
被時間擋在門外
多次叩問
也毫無回應

那時刻，匆匆
你與我說話的瞬間
渴求留下紀念
可惜渴求來不及

在我與你未意識前
渴求，搭上死亡列車
我仔細思考
如何面對無情時間
渴求有情的你

霧來霧去

霧，悲愁
來了
曾經美麗的天空
蒙上陰鬱
走了
留下夜雨後潮濕

風，無情吹吹吹
染色的霧霾
繼續走走停停

蟬

等候了多久
才聽見蟬蛻變後
鳴叫

淒厲地
面對死亡倒數
持續吶喊

沒有疼痛
沒有傷悲
死亡完成了生命週期
後代的後代
持續進行著……
生之儀式

幼蟲

沒有選擇
幼蟲孵化出來
本能地覓食
土壤深處中蠕動
寂靜，無侵擾的深處
吃吃吃

流浪，貓

冷冬，仍有一絲暖陽
條紋貓走在街頭
寬廣家屋
從街頭到巷尾
沒有拘束
一躍蹬上屋頂
一跳躲進小巷
溫暖日曬
呼呼安然入夢

年輕夫妻，為了情
結婚生子
拚命工作辛勤
回家累倒在床
無慾望的工作和返家
錢進進又出出
憂鬱多愁入夢

鬧鐘吵醒，疲累人發動車子
漫漫工作時數啊……
引擎隨後響起
突然，驚悚起貓毛
瞬間跑出車底
瞳孔回瞪
驚恐的人臉與貓臉
對峙
貓大聲宣示
家，家，家
人大聲喝斥
路，路，路

流浪？
是人
還是貓

老橘貓

森林，走向寂靜
是你留下最後的訊息
沒有選擇
來與去，缺乏收留你孤獨的心
最終年紀老邁
你沒有所謂聽話或不聽話
成天狂叫
呼喚你內心主人回家
到底主人是誰
不清楚的可能是你
也可能是我
我用向來溫柔的手撫摸
你卻反常冷漠生疏回應
是你失智抑是我頭腦錯亂
彼此在差異時間
想像彼此

我們終究分開

只知道
你走失消息
來自某天接獲訊息後
震撼

老邁年紀
在家中
都有被送走的命運
送去療養院
送去寂靜房間
送去無煩憂之地

森林，是否就是你的療養院？

看望這片山勢
那天，不是你走失
而是你下車，頭也不回地走了
（默默回想也許是你在賭氣……）

往深山，更森林的寂靜
走去

地圖

走左，走右
心裡思考那地圖
往左，往右
也許是直行

森林裡的步道相對簡單
依循指標往上
石子路有些崎嶇
樹林間埋藏登山客足跡

終於，小路抵達瞭望台
遠眺群山
我迷失已久的心
吶喊……妳，
是否有回音？

雪的回憶

雪，寂靜中
紛飛
抓不住飄雪的溫柔
只掠一身冷意
妳，等待
站立飄雪外
尋一處悲傷心靈的
冷卻

湖

冰封的湖，禁止前行
原本該乘坐遊湖船
因暴雪停駛
我佇立紛紛落下冬雪
遺憾滿身

熱巧克力

時間在冰天雪地

冗長、慢速

早餐店的美式咖啡

無法驅寒身上的冷凝

我還在思索熱量來源

熱巧克力，一杯記憶芳香

瞬間融化凍手寒意

決心點菠菜蛋捲與熱巧克力

湖光山色明信片

填滿了我到此一遊

夜讀

翻開羅蘭巴特

最接近死亡季節

尋一句哲思

即使友人已末日

安慰著

人體運作的那口氣

喧囂

喧囂
被厚重木門擋在外
冬雪持續探求低溫極限
人的耳語
冰封
在
死寂季節

尋

無際雪地
相似車形中，尋找
記憶顏色
出租車

昨夜冬雪埋葬了每一輛車
旅者紛紛剷除覆蓋的雪
我也正尋
銀色出租車

除去多餘殘雪
車的引擎，尚且
死灰復燃

太陽日照後，融雪
泥濘中
堅持開往下一
停駐點

祭

用奇妙觀看
每年祭祖儀式
供品與菜餚
大桌上
陳列豐盛
金紙大把揮霍地燒
我童稚的心
以為這是完整

完整悼念一個親人的生
完整賦予一個精神寄託
老祖母呼喚家族先祖

當面臨死亡，友人之死
卻，開啟了不完整之路
不完整心靈
不完整生活
不完整愛

時時刻刻牽動
記憶底層不敢明說的
失去

悲傷

涙，漸漸把悲
變成生活
涙，逐漸把傷
喚作友人
冷冬之際
卻在無暖氣房子裡
增溫

死水

一灘死水
無法向外求援
冷凝季節中
只，等待
昇華

朝陽

初生暖陽

走進窗戶旁

昨夜留在木門外的玻璃瓶

已覆蓋冰雪

雪地裡

飲一口瓶內果汁

朝陽

款待了美好早晨

毛帽

寒冷隔絕在外
順便把人情
也隔絕
只一頂毛帽
思念在溫暖毛線中
持續運作

羽絨衣

我因固執
決心上冷冬的雪山
不帶羽絨衣
情人覺得無可理喻
決心購買白色羽絨衣
雪白與雪相仿
固執會以為
那是雪

上山與下山

車行往上
滿懷興奮異常
期待與現實不同的現實
脫離日常
尋，陌生風景

到達山腰
霧氣已濃厚
雨水濕漉漉蔓延
我期待高山
飄雪的冷凝

午後到達山頂
雪陸續朝我們招手
飄落的時分
正思念妳

幾日，滯留山上
我心於細雪中
寧靜

死訊，一種震撼
潛藏進人心
等待爆發
能量蓄積，蓄積

我內心的火山
已休眠
因深雪，埋葬了
熱能

車行往下
沒有留戀地
急駛
回到寧靜都市

一切
歸復往常

別

友人啊友人
離別，為生命
帶來堅強
永別，把生命
走向遺憾

離了相聚
聚了別離
不知哪天
永別，打壞循環
我無法見妳

死，永別之始
在我的生命
發酵⋯⋯發酵⋯⋯
消失與消逝
正逐漸體悟遺憾的牽連

我用破碎的心
修補遺憾
在往後每年生日
為了見妳
生活中
尋不見妳
書本中
尋不見妳
回憶中
尋不見妳

因為，所有的
皆不真實

擺脫尋常
獨自在夜裡
翻相片
依舊，尋不見妳

後來

冷澀雪地裏

發現

妳身影，曾默默停留在

我意識的

角落

深雪

藏

藏起笑容
雪，撒向妳我
冷冽空氣
圍繞接獲死亡消息的那天

我開始藏起回憶
藏起書本
藏起信箋

酷熱台北的夏季
我開始……
尋求冬眠

我的愛

愛
於玫瑰凋零前
風乾成
一朵乾燥花
保留最初的
情

思念

思念，血液中亂竄
到了頭
頭痛
到了心
心痛
到了身
胃痛
到了四肢
麻痺神經

無法醫治的思念
總在血液中
亂竄

荷

為妳
網住湖邊荷花倩影
曾經溫暖夏日
相機用思念
留住花的青春

新年

煙火，伴隨新年倒數
人聲歡樂與煙火光芒
將此起彼落
較勁
友人啊友人
寂靜
將倒數
妳不在的時刻

油炸薯條

美式馬鈴薯切塊
進入油鍋炸
牛油混和海鹽
眼前，一盤金黃薯條
給予冷冬季節
溫暖香酥

夜行客運

轟隆客運車
夜半準時出發
載送我的憂思
返校
返家
一回又一回
揮別親人的念
轉往學校
送別師長的情
返回家族
一次又一次
道別，道別
朝客運

胡椒工廠

走在中央北路小道

陣陣飛來胡椒

將百年老工廠歷史

飄出來

胡椒、八角、肉桂

運轉機器中

蓬勃生氣

吸一口不嗆香味

振奮起精神

煩憂隨胡椒四處飄散

燒窯的煙囪

煙囪，高聳樹立

從窗望去

冒著白煙

運作了興衰氣味

遙遠炊煙

把天空

染色一層

霧靄山景

不知吞吐了哪世代的

悲愁

悼念的骨骸

玻璃展示千年的骨骸
在家對岸的八里
曾經暫居人種
我好期望向她
屈膝姿態
傳達親切溫暖
我也時常抱屈入睡
死亡沒有在博物館
飄出驚悚
反而寂靜與安詳

開挖遺址時
轟隆巨響的挖土機
肯定驚擾許多眠夢
還有許多殘屍……
破碎的夢
怎麼才和眼前陶罐
被修補？

最終，污水場成立
十三行博物館成立
人，永遠擔心處理廢料
人，只記得博物館在哪
他從不知如何尋找
根

垃圾

森林逐漸倒下的年代
工廠依然大量
運作
垃圾依然需求
燃燒
霧霾依然霸道
無阻

森林倒下的年代
死亡
種進我心的荒蕪
持續蔓延

失去

算計日子
一日接一日
消逝時間
在記憶，彌補
一日又一日
消逝感情
在思念，重溫

我的友人啊友人
一日過一日
只想丟棄
失去妳之後
孤寂

死亡之森

植栽心靈之樹
一日一日茁壯
一株一株成長
茂林中
埋藏了死亡

人都不敢回想
人都不願再提
死亡是禁忌
閉口許多秘密

我向來不敢回望
那死亡之森！
遺落自幽闇黑漆角落，
曾經
直到友人的離開，
我的愛呀……
全部被喚醒

森林已被飼養茂盛，
不敢探求的死，
在愛，指引前行

死，其實簡單
遺落世人的牽掛
卻永遠循環
我陷入循環詛咒
感覺頭昏
森，為了躲藏妳直視
沒想到只要一句溫柔
隨即崩解
茂密綠葉瞬間
枯落
死，單單純純在眼前
難堪的現實
淚都來不及流

死亡之森
植栽許多秘密
春去冬來
茂密一日日

年輪蛋糕

圓圈年輪紋飾
裹上一層糖霜
蛋糕融合林木
看來新奇
給死亡之森
一些甜蜜
在冷颼季節
脂肪裹住了心靈的淚

家園

森林砍伐年代
消失的家
夜裡，雲豹哭泣
他用恨做了記號
樹皮紋路
他用愛給了未來
年幼血親
往更深山移居
一個家
想願

挖土機，不留情
挖掘挖掘森林
林，造一個個家
小木屋，林立
森林死亡的年代
人生活，安安穩穩的
家

霧霾摩天輪

霧霾驅趕天空

烏雲

烈日

山色

籠罩摩天輪旋轉中

霧霾輕飄飄

霸佔整個樂園

玩性不減

進入兒童的氣管肺臟

繁殖

再繁殖

渴

渴
冬日早晨甦醒
站立窗邊，又見霧霾襲擊
渴，需求的
一杯水
無法沖淡眼前森林的渴望
冬日乾燥早晨
灰濛濛天空
飲去渴望的杯水
悼念，森之哀
冬日早晨
風吹動
樹葉沙沙作響
冬日早晨
寧靜無垠
太陽未破曉前
喚醒，為妳的
哀傷

友人

兔子相互咬耳朵
訴說秘密似
交談
兩隻小兔，追逐
貓兒也在狂奔
跳上桌躍上冰箱

友人啊友人
思念，短暫相聚
我們一起聊
學術
生活
家庭

如今，
兩隻兔已老死
兩隻貓已出走

殘破心靈
人煙也絕境

一朵玫瑰

一朵擬真玫瑰
沒有生沒有死
能夠永遠立在牆上
這是一朵
樂高雕塑的
玫瑰

樂高玩具疊起童年稚氣
疊高高，高更高，高樓
充滿征服現實的愉悅
就在手巧作工
擬真
寄託情感
寄託記憶
生命消逝之前
一朵玫瑰
抵達了永恆

友人啊友人
我們都在永恆中
歷經生死

擁抱

轉身之際
只想擁抱傷悲

兩杯午茶，兩份蛋糕
等待我們
那是某年午後

我在說
妳在聽
吐露困境
源自生活俱疲

日子一天天
妳忙許多
我忙許多
會面，一種奢望
兩地分隔讓思念
降溫

每次的再見
我都忘記擁抱
東方式思想，我吶喊在心
妳也忘記擁抱
西方式生活，妳留藏於心

十一年，輕易消逝
還來不及
看，仔細看
妳
友人啊友人

移居

台北冬季會乍見

移居的櫻花綻放

多雨季節

花，總是凋零快速

短暫花期

樹又回歸光禿禿

一身傲骨

哀嘆著

水土不服

冬雨

稀稀落落冬季氣息
突然豪雨
猛烈
舒適晴空掩蓋在愁雲慘霧
霧之悲
他說，只是晚到，冬天
還是會來

死亡，大概如此！

生命

殞落

快速被拋離

通過大氣層

在地表降落前

瞬間，易逝

火花

最後一秒的掙扎

夜

夜，無法入夢
思緒被冷風乾燥吹拂
逐漸清澈
星子，依舊明亮
月亮，剛好微笑
預測的流星群
未，來
沒有失落的等待
卻在星空下
遇見
北極星的思念

啊！我心已迷路許久。

白日夢

午睡的夢

牽動意識最低防線

所有不能出現

通通跑來

演一齣

為妳造作的戲啊……

末日

末日
從來沒想
我向前遠眺，麗景
視野中延伸
芬芳氣味，擁有希望
尋常，如此

某天，末日的到來
友人想必妳尚未領悟
我也未曾重視
末日就悄然出現
天使美化填充死亡印象
我不願
正視
任何有關妳

結束

閉幕前
等待
安可掌聲

音樂家，鞠躬
重回
寂靜，舞台後

附錄——英譯詩選

楊淇竹　譯／王清祿　校譯

死亡

白，綻放樹枝上
雪
紛飛紛飛
從雲落下的
淚
無聲無息冷然
風，吹動
死寂的冬夜

Mortality

White, blooming on the branches

Snow

Drifting

Falling from the clouds

My tears

Silently cold

The wind, blowing

On the lifeless wintry night

森

憂憂落葉
開始訴說氣候之變
森林幽深處
無人預料
曾經一棵樹木的枯萎
靜靜地
面對死亡

人依舊享受
機器運轉涼爽
工業製造便利
煙，兀自宣示主權

The forest

Leaves falling in depression
Begin to tell of climate change
In the deep forest
No one has ever known
There was once a withered tree
Silently
Facing death

Humans still enjoy being
Cooled off by air conditioners
Industry produces conveniences
Smoke, unilaterally declares its sovereignty

林，秋日

秋
不知名的風
不知名的雨
都沒來
只有豔陽
曬在腳上的影子
發燙
走往林蔭
樹葉詭異的綠
憂鬱訴說
渴……渴……渴

Autumn in the forest

Fall

Nameless wind

Nameless rain

Hasn't come

But the sunshine

Pours onto my feet's shadow

Burning hot

And goes onto the shade of trees

The weird green leaves

Say in depression

Thirsty...thirsty...thirsty

枯樹

樹木
乾枯季節
抽乾了
水
皺紋向上延伸
不斷地
不斷地
宣告
死

Withered trees

Trees

In the drought season

Drain off

All their water

With wrinkles extending upward

Unendingly

Unendingly

And are declared

Dead

離開

我們仍努力地
思念
冬雪時，吹拂來的夏季海風
就像妳離開
今年冬季，冷得驚駭

我被深埋雪地木屋
堵住去路
雪不斷落下
逐漸冰凍悲傷思念
我也學麻木

死，大概如此吧！

Leaving

We still sorely
Miss
The wind blowing from the sea in the winter snow
This winter is as terribly cold
As it was that day you left

I was blocked by
A heavily snow-covered chalet
Snow continued falling
And gradually froze the mournful recollection
I've learned to be callous about it

Death, is like that!

愛

喝，高熱量
酒精飲品
趕走嚴酷風寒
我需要熱情
抵抗
冰冷雪季的
一堵高牆
在愛，尚未抵達前

Love

Drinking high-calorie

Alcoholic beverages

To drive cold wind away

I need enthusiasm

To resist

The tall wall of ice

During the snow season

Before love comes

雪地森林

飄了冬雪午後
森林點綴繽紛
聖誕老人未到前
雪已將整座森林包覆
我的心
受困此地
走不出的悲傷
持續等待禮物

雪停後
雪人僵硬笑臉
也持續等待過節

Snowy forest

The afternoon wintry snow is falling
On the trees and painting them variegated.
By the time Santa Claus comes,
The snow has already covered the whole forest.
Yet my heart
Remained stranded there,
No way out of sorrow.
I'm still waiting for a gift.

When the snow stops,
The stiff-smile snowman is
Also waiting for the festival.

悼念

友人啊友人
我的思念
在針葉林樹木的風霜
學習滄桑

Mourning

Friend, my friend.

I'm missing you.

From the weather-beaten coniferous trees

I've learned about life's vicissitudes.

回憶

相片中
框住的時間
供奉，回憶

Memories

The pictures
Frame time
And enshrine memories

雪之淚

濕氣在臉龐
從天空輕柔地
飄落
不覺得冷意
迎接現實

友人的死
消息，突然接獲
時間經過兩個月、三個月或半年

表面，沒有哭泣
內心綑綁自
如何思念妳啊，友人！

雪，默默流淚
我感受濕氣
從天而降

雪，也許是……
妳的溫柔

Tears of snow

The wet on my face
From the sky softly
falling
I didn't feel any bit of cold
Embracing the reality

A friend's death
I learned about it unexpectedly
2 months, 3 months, perhaps half a year passed

No tears came on the face
But my heart was tied to you
So much I missed you, my friend!

Snow wept silent tears
I felt the wet
From the sky

Snow, maybe, was…

your tenderness

埋

送葬儀式

埋葬青春
埋葬智慧
埋葬慾望

親友的呼喊聲中
埋葬了
愛

Burial

The funeral

Buries your youth
Buries your wisdom
Buries your desire

The crying of your relatives and friends
Buries
Your love

塑膠袋

塑膠袋，一包包垃圾
堆積成山
在山型底下
掩埋場挖掘深切

將一座座塑膠袋山
植入，期盼它離開人世
正如腐爛身軀
蓋上泥土，
安息吧，不需要的骨骸！

Plastic bags

Plastic bags, bags of trash,

Are piled up like a hill

The landfill

Sits in a deeply-dug basin

Plenty of plastic bags are dumped there

In the expectation that they will disappear from the world

Just like rotten human corpses

Covered with dust

Rest in peace, the useless bones!

博物館

死亡，收藏於博物館
人體
動物
陪葬品
——典藏

我在死亡
發現
寂靜

所有挖掘時的紛擾
都隔絕
玻璃櫃外
博物館外
喧囂

觀賞死亡的歷史

瞬間

也宣告人的無知

Museum

Death, collected in the museum

Corpses

Animals

Funerary goods

One by one to be a Collection

From the dead

I learn about

Peacefulness

All the turmoil caused during the excavation

Now separates

The outside noises

From the cabinet

From the museum

Viewing the history of death

Instantly

Is a declaration of human ignorance

典藏

如何收集悲傷
才能啟口
說出……
藏在內心的
逝

我曾經
典藏兒時頑皮
典藏青春悸動
典藏友情真摯

逝去，讓典藏不敢公諸
友人啊友人
我默默夜半時分
展示……
曾經

Collection

Knowing how to collect sorrows

Enables me to

Speak out…

The hidden part of the heart

About passing

I used to

Collect my naughty childhood

Collect my throbbing youth

Collect my sincere friendship

Passing, denies collections to the public

Friend, alas, my friend

At midnight I was silently

Displaying…

The past

垃圾車

人，害怕失去
失去垃圾去路
失去廚餘去路

那些無法清走的骯髒
用車子，載走，愈遠愈好

人，狹小屋子
買東西，吃東西
來去，日復一日
垃圾繁衍的蚊蠅惡臭
啊啊啊，也來來去去
人，最終
期盼垃圾車來臨
把每日憂愁
一同載走

Garbage trucks

People, fears loss

Loss of place for trash

Loss of place for kitchen wastes

These dirty wastes are not allowed to exist

They must be taken away by cars, the farther the better

People pack in a small house

Buying and eating

They repeat this way day to day

Stinking garbage attracts mosquitoes and flies

Ah-ah-ah, they are coming and going

People, after all,

Expect garbage trucks to

Take such daily worry

Away

願

願，一趟遠途探望
帶回
妳記憶
妳青春
妳思念
　　　的逝

死亡分隔在妳我
多少的願
都像枯葉
遺落
至大地

如何尋？如何尋？

Wishes

I wish, a long-distance visit

To bring back

Your memories

Your youth

Your missing

             But they all have passed away

Death separated you from me

So many wishes

Are all like dead leaves

Falling down

To the earth

How could I find them? How could I find them?

旋轉木馬

旋轉兒童的夢
美好樂園
木馬，轉呀轉

森，逐漸凋零
砍樹年代
看似美好的樂園
一陣風吹來
霧霾，霧霾，兒童的愁雲慘霧
資本主義者為了經濟
不惜犧牲土地樹林空氣
惡臭廢煙
流浪世界各地

旋轉木馬的夢
歡笑止步
霧霾，轉呀轉

Merry-go-rounds

They're whirling children's dream
In a wonderful amusement park
Wooden horses go round and round

Forests are withering away
The age of cutting trees
Is seemingly an age of living in a Wonderful Park
When the wind gusts
Smog, smog, becomes children's gloom
Capitalists sacrifice land, trees, and air
In pursuit of economic boom
Smelly smoke
Is loitering around the world

The dream of Merry-go-rounds
Ends up killing skylarking
As smog goes round and round

飛彈

笑話似
飛彈會在東亞出現？
和平只是假象
消聲匿跡的戰爭
那，最後一場20世紀冷戰
其實啊……
人心
依舊熱血

北韓突然無預警射飛彈
繃緊神經的東亞人
等待，下一次發威
美國喊了話
日本表了態

密密麻麻國家主義
向外宣稱

誰，到底是誰
敢抵擋我雄心壯志

飛彈像笑話
挑釁和平的限度
東亞人別忘了
人心，充滿慾望呢！

Missiles

A joke?

Missiles will appear in Asia?

Peace is nothing but an illusion

That once-disappearing war

Was actually the last cold war in the 20th century

But…

Human hearts

Are still maniac

North Korea launched missiles with no advance warning

East Asians tensed

Knowing another terrifying launch would come

American spoke up in response

Japan voiced its stance

The densely written nationalism

Announced internationally

Who? Who on earth are you?

Who dares to stand in the way of my ambition

Missiles are a joke

That challenges the peace limit

Do not forget, East Asians

Human hearts, full of desire!

戰爭

不敢提起的戰爭
像一條條傷疤，想證明
偉大志業中
小人物的威望
也可能是失望
歷史恆久，過去了
不敢提起的戰爭
如過氣衣裝
引人側目

死亡，死亡
沒人說的死亡
曾經考驗人
夜夜睡眠

War

The war no one wants to mention

Is like a scar, a proof that

In a great undertaking

The prestige a nobody earns

Can be a disappointment

The timelessness of history has gone

The war no one wants to mention

Is like an out-of-date dress

That people can't help but cast a sidelong glance on it

Death, death

That no one has ever mentioned

That they have ever wrestled with

At countless nights of sleep

亞馬遜雨林之火

一把火
燃燒起熊熊的恨
失落孤寂
看見
金太陽鸚鵡哭泣
驅逐在
鄉的國度
更遠
棲息地

人，做了什麼？
啊，只有燒林而已。

Amazon rainforest fires

A fire

Ignited flaming hatred.

Despairing and lonely,

I saw

Golden Parakeets weeping.

They were expelled

Out of their homeland

To a faraway

Habitat.

Men, what did you do?

Oh! Just burning the rainforest.

含笑詩叢16　PG2563

 森
　　——楊淇竹詩集

作　　者	楊淇竹
責任編輯	姚芳慈
圖文排版	蔡忠翰
封面設計	蔡瑋筠

出版策劃	釀出版
製作發行	秀威資訊科技股份有限公司
	114 台北市內湖區瑞光路76巷65號1樓
	電話：+886-2-2796-3638　傳真：+886-2-2796-1377
	服務信箱：service@showwe.com.tw
	http://www.showwe.com.tw
郵政劃撥	19563868　戶名：秀威資訊科技股份有限公司
展售門市	國家書店【松江門市】
	104 台北市中山區松江路209號1樓
	電話：+886-2-2518-0207　傳真：+886-2-2518-0778
網路訂購	秀威網路書店：https://store.showwe.tw
	國家網路書店：https://www.govbooks.com.tw
法律顧問	毛國樑　律師
總 經 銷	聯合發行股份有限公司
	231新北市新店區寶橋路235巷6弄6號4F
	電話：+886-2-2917-8022　傳真：+886-2-2915-6275

出版日期	2021年5月　BOD一版
定　　價	200元

國家圖書館出版品預行編目

森：楊淇竹詩集 / 楊淇竹著. -- 一版. -- 臺北
市：釀出版：秀威資訊科技股份有限公司發行，
2021.05
　　面；　公分. -- (含笑詩叢；16)
BOD版
ISBN 978-986-445-459-4(平裝)

863.51　　　　　　　　　　110004386

讀者回函卡

感謝您購買本書,為提升服務品質,請填妥以下資料,將讀者回函卡直接寄
回或傳真本公司,收到您的寶貴意見後,我們會收藏記錄及檢討,謝謝!
如您需要了解本公司最新出版書目、購書優惠或企劃活動,歡迎您上網查詢
或下載相關資料:http:// www.showwe.com.tw

您購買的書名:_____

出生日期:_____年_____月_____日

學歷:□高中 (含) 以下　　□大專　　□研究所 (含) 以上

職業:□製造業　□金融業　□資訊業　□軍警　□傳播業　□自由業
　　　□服務業　□公務員　□教職　　□學生　□家管　□其它_____

購書地點:□網路書店　□實體書店　□書展　□郵購　□贈閱　□其他

您從何得知本書的消息?

　□網路書店　□實體書店　□網路搜尋　□電子報　□書訊　□雜誌
　□傳播媒體　□親友推薦　□網站推薦　□部落格　□其他_____

您對本書的評價:(請填代號　1.非常滿意　2.滿意　3.尚可　4.再改進)

　封面設計____　版面編排____　內容____　文／譯筆____　價格____

讀完書後您覺得:

　□很有收穫　□有收穫　□收穫不多　□沒收穫

對我們的建議:_____

_____

_____

_____

11466
台北市內湖區瑞光路 76 巷 65 號 1 樓

秀威資訊科技股份有限公司　　　　收

BOD 數位出版事業部

....

（請沿線對折寄回，謝謝！）

姓　　名：＿＿＿＿＿＿＿＿＿　年齡：＿＿＿＿　性別：□女　□男

郵遞區號：□□□□□

地　　址：＿＿＿＿＿＿＿＿＿＿＿＿＿＿＿＿＿＿＿＿＿＿＿＿

聯絡電話：(日)＿＿＿＿＿＿＿＿＿　(夜)＿＿＿＿＿＿＿＿＿＿＿

E-mail：＿＿＿＿＿＿＿＿＿＿＿＿＿＿＿＿＿＿＿＿＿＿＿＿